Carlos es respo:

MW01065826

por Ellen García • ilustrado por Marc Monés

Antes yo tenía una hermana nada más. ¡Ahora tengo dos! Mi nueva hermanita se llama Karina.

—Carlos, necesitamos que nos ayudes —dijo mi mamá—. ¡Otro bebé en casa implica mucho trabajo!

—Tengo que cambiarle el pañal a tu hermanita —dijo papá—. ¿Podrías cepillarte los dientes?

—Ya me los cepillé —dije yo.

—¿Puedes jugar con Ania mientras le doy de comer a tu hermanita? —preguntó mamá.

—¡Con mucho gusto! —dije yo.

Incluso le recordé a Ania que no corriera por las escaleras.

—Karina está llorando —dijo mamá—. Debo quedarme con tus hermanas en el auto.

—La señorita Cruz está aquí —dije yo—. Puedo entrar a la escuela yo sólo.

—¿Necesitas ayuda? —preguntó la señorita Cruz.

—Puedo guardar mis cosas yo mismo —dije yo.

—¡Tengo una sorpresa en casa para ti! —dijo mi papá cuando me recogió en la escuela.

¡Era mi tío Julio!

—¿Quieres dar una vuelta conmigo? —dijo mi tío Julio.

—¿Yo nada más? —pregunté yo.

—¡No se permiten bebés en la máquina verde!
—dijo mi tío Julio.

—¿Podemos ir a Pizza Palace? —pregunté.

—Claro —dijo papá—. Has sido muy responsable.

¡Luego mi tío Julio y yo nos encargamos de comernos una pizza completa!